la court

D0779326

Les éditions de la courte échelle inc.

Gilles Gauthier

Né en 1943, Gilles Gauthier a d'abord écrit du théâtre pour enfants: *On n'est pas des enfants d'école,* en 1979, avec le Théâtre de la Marmaille, *Je suis un ours!,* en 1982, d'après un album de Jörg Muller et Jörg Steiner, *Comment devenir parfait en trois jours,* en 1986, d'après une histoire de Stephen Manes. Ses pièces ont été présentées dans de nombreux festivals internationaux (Toronto, Lyon, Bruxelles, Berlin, Londres) et ont été traduites en langue anglaise.

Son roman *Ne touchez pas à ma Babouche* a reçu, en 1989, un prix d'excellence de l'Association des consommateurs du Québec et le prix Alvine-Bélisle qui couronne le meilleur livre jeunesse de l'année. Plusieurs de ses titres ont aussi été traduits en espagnol, en anglais et en grec.

Il prépare d'autres romans pour les jeunes, de même que des contes et une série de dessins animés pour Radio-Québec. *L'étrange amour d'Edgar* est le huitième roman qu'il publie à la courte échelle.

Jules Prud'homme

Jules Prud'homme est bien connu des petits et des grands qui peuvent apprécier ses bandes dessinées et ses illustrations éditoriales. Ses amis disent de lui que c'est un homme rempli de contradictions, mais qu'il est tout à fait charmant. Il adore l'opéra, mais il est guitariste de blues, il boit trop de café même s'il le supporte mal, il caresse les chats même s'il a des allergies et il dessine plus pendant ses vacances que quand il travaille dans son atelier. Profondément antimilitariste, il préfère cuisiner, jouer au badminton et... manger son gruau tous les matins.

L'étrange amour d'Edgar est le quatrième roman qu'il illustre à la courte échelle.

Du même auteur, à la courte échelle

Collection Premier Roman

Série Babouche:
Ne touchez pas à ma Babouche
Babouche est jalouse
Sauvez ma Babouche!
Ma Babouche pour toujours

Série Marcus:
Marcus la Puce à l'école
Le gros problème du petit Marcus

Collection Roman Jeunesse

Edgar le bizarre

Gilles Gauthier
L'ÉTRANGE AMOUR D'EDGAR

Illustrations
de Jules Prud'homme

la courte échelle

Les éditions de la courte échelle inc.

Les éditions de la courte échelle inc.
5243, boul. Saint-Laurent
Montréal (Québec) H2T 1S4

Conception graphique:
Derome design inc.

Révision des textes:
Odette Lord

Dépôt légal, 1er trimestre 1993
Bibliothèque nationale du Québec

Données de catalogage avant publication (Canada)

Gauthier, Gilles, 1943-

    L'étrange amour d'Edgar

    (Roman Jeunesse; 40)

    ISBN 2-89021-185-1

    I. Prud'homme, Jules.   II. Titre.   III. Collection.

PS8563.A858E87 1992   jC843'.54   C92-097118-0
PS9563.A858E87 1992
PZ23.G38Et 1992

Prologue

Je n'ai encore jamais parlé de ma réincarnation avec mes parents. Même avec la meilleure volonté du monde, je suis sûr qu'ils ne me croiraient pas. Mon père surtout.

J'imagine la figure de Raymond si je lui annonçais tout à coup: «Papa, tu sais quoi? J'ai découvert que je suis la réincarnation du grand auteur américain Edgar Allan Poe. Mais oui, voyons! Je m'appelle Edgar Alain Campeau et je suis né le 19 janvier comme Edgar Allan Poe.»

Raymond serait incapable d'accepter ça. Il dirait que je suis en train de devenir fou, qu'il m'avait averti. Il prétendrait que je me suis embarqué dans des livres trop compliqués pour ma petite tête et que je me suis perdu en cours de route. C'est sûrement ce que mon père dirait.

Quant à ma mère Lucille, je ne suis pas certain qu'elle me suivrait sur ce terrain-là. J'ai bien l'impression qu'elle essaierait plutôt de me convaincre par la douceur, gentiment, comme elle le fait toujours.

Lucille m'expliquerait qu'il faut savoir faire la part des choses dans la vie, qu'il y a des idées qu'on peut avoir quand on est jeune, mais qui passent généralement avec le temps.

Seulement, moi, voyez-vous, je sais de quoi je parle. Ce que j'affirme, ce ne sont pas des idées en l'air. Il a fallu que je me rende à l'évidence: Edgar Allan Poe dirige réellement ma vie. Par ses histoires bizarres, il me fait découvrir toutes sortes de mystères autour de moi.

Vous aussi, vous avez des doutes? Vous pensez que je divague et que je n'arrive plus à faire la différence entre l'imaginaire et la réalité?

Je vous comprends. Je vous comprends très bien. Il est normal que vous pensiez comme ça, puisque que même moi, j'ai eu du mal à croire à ce qui m'arrivait au début.

Mais aujourd'hui, je suis sûr de mon coup. Je sais que dans les livres de Poe se cache une part importante de mon destin. Edgar Allan Poe me parle par-delà l'espace et le temps. Et j'ai bien l'intention de continuer à l'écouter.

Même si je risque de faire rire de moi de temps en temps. Même si je suis conscient que je peux me tromper parfois en essayant de déchiffrer les messages de Poc.

Même si, je dois vous l'avouer, il y a des jours où je trouve que le vieil Edgar aurait pu se forcer un peu pour me parler plus clairement...

Chapitre I
Le chat noir

Edgar Poe vient encore de se manifester dans ma vie. Par l'intermédiaire du gros chat de ma petite soeur Émilie.

Et cette fois, je peux vous assurer qu'il n'y est pas allé de main morte. Poe a décidé de faire les choses en grand.

Figurez-vous que William, le chat de ma soeur, vient de changer de couleur. Rien de moins! En une seconde, il est passé de son blanc cotonneux à un noir charbon épeurant.

Et dites-vous bien que je n'invente rien! J'ai encore le gros chat noir sous les yeux.

William est là, sur le balcon, à se lisser les poils. Des poils devenus noirs tout d'un coup, sans que je puisse savoir pourquoi.

Le chat se lavait au même endroit deux secondes plus tôt. Je tourne la tête, je regarde de nouveau. William est devenu

un énorme chat noir.

Comme *Le chat noir* d'une des histoires d'EDGAR POE!

Je sais que ce n'est pas facile à avaler, mais c'est la vérité. Et moi, tout ce que je me demande maintenant, c'est ce que Poe cherche à me dévoiler par le biais de ce phénomène étrange. Ça doit sûrement être extrêmement important.

Il faut que je m'approche. Il faut que j'aille voir de plus près ce que veut m'apprendre ce gros chat-caméléon.

Mais voyons! Qu'est-ce qui se passe? Ma petite soeur Émilie vient d'arriver sur le balcon. Elle a pris le chat noir dans ses bras et elle n'a même pas l'air étonnée.

Pourtant, je ne rêve pas. Le matou est noir comme de la suie.

— Émilie. Émilie.

— Pas si fort. Il a peur.

— Justement, ton gros chat...

— Qu'est-ce qu'il a?

— Tu ne vois pas?

— Il a peur. À cause de toi.

— Oui, mais... à part ça... tu ne remarques rien?...

Émilie est là qui regarde le chat sur toutes ses coutures sans trouver rien de particulier. C'est comme si j'étais le seul à voir que le chat est noir.

— Sa couleur, Émilie?... Tu ne vois pas sa couleur?

— C'est sûr que je la vois.

— Pense un peu. Ton William, de quelle couleur il est?

— Tu sais bien qu'il est blanc.

— Et le chat dans tes bras, il est blanc, je suppose?

— Es-tu aveugle? Il est noir.

— Tu le vois noir, toi aussi? Et ça ne te surprend pas?

— C'est rare, des chats noirs?

— Réveille-toi, Émilie! Ton chat WILLIAM est NOIR!

— Ce chat-là, c'est pas William! C'est le chat de William.

— Ton petit ami anglais? Depuis

quand il a un chat?

— Depuis que sa soeur est là. C'est le chat de sa grande soeur.

— Depuis quand William a une grande soeur?

— Depuis toujours.

— Comment ça se fait qu'on ne l'a jamais vue, dans ce cas-là?

— Elle vit ailleurs, d'habitude. Elle est venue garder William. Ses parents seront absents tout l'été.

— Ah oui?

— Et toi, tu pensais que ce chat-là...

J'ai l'air d'un vrai fou! Il faut que je trouve quelque chose.

— Je voulais juste t'agacer! Un chat noir, c'est un chat noir, voyons!

— C'est même pas un chat. C'est une chatte. Elle s'appelle Lune.

Il ne manquait plus que ça. Moi qui pensais que c'était le chat noir d'Edgar Poe...

Et pourtant...

Il y a quelque chose de louche dans cette grosse boule luisante. Cette chatte-là n'est pas venue sur notre balcon pour rien. Il y a du Edgar Poe là-dessous. J'en suis sûr, je le sens.

Pas vous? Attendez. Faites-moi confiance... Vous allez bientôt voir que cette
histoire de «chat à deux couleurs» n'est
pas si innocente qu'elle en a l'air!

Chapitre II
Jézabel Lee

C'est tout à fait ce que je pensais. La grosse chatte noire est une messagère de Poe. Elle est venue chez nous pour me faire connaître celle qui sera un jour la femme de ma vie.

Vous riez! Vous riez de moi, maintenant! Ça vous étonne qu'un gars de douze ans parle déjà de la femme de sa vie.

Pourtant, cette fois-ci, je suis sûr de mon coup. Et même si je sais d'avance que j'aurai du mal à vous convaincre, je vais tout vous raconter. Peut-être que vous aussi, vous allez finalement vous rendre compte que notre univers n'est pas aussi simple qu'on le croit...

Vers midi moins le quart, à l'heure du repas, Lucille demande à ma soeur de rapporter la grosse Lune chez le petit William. Mais comme je soupçonne que cette chatte-là cache quelque chose, j'offre à Émilie de faire la commission à sa place.

Heureusement pour moi, Lucille a préparé du spaghetti. Émilie en raffole, elle saute sur mon offre. Me voilà donc sur le trottoir, la Lune dans les bras.

Tout le long du trajet, la bête me regarde d'une drôle de façon. Un peu comme si elle se moquait de moi. J'ai souvent l'impression qu'elle se dit en elle-même: «Attends. Attends la suite. J'ai une surprise pour toi.»

Songeur, un peu méfiant, je continue ma route. Et j'arrive chez le petit William.

Je m'approche de la porte. Je m'apprête à sonner quand je pense soudain à une chose importante que j'ai totalement oubliée.

Le petit William parle anglais. Ses parents sont Américains. La grande soeur doit donc parler...

Elle ouvre la porte comme j'allais partir. Elle est là, devant moi, et elle me sourit.

Je ne peux vous décrire la grande soeur que je vois. Elle n'a rien du petit William. Elle a de longs cheveux. Des yeux verts... Elle ressemble...

— Bonjour. Je suis Jézabel, la soeur

de William. Et tu dois être Edgar, je suppose?

Moi, je ne suis plus là. Je regarde la fille et je cherche ma tête. Quand je retrouve enfin un peu de mes esprits, je tends la bête vers elle et je bredouille:

— Moi... C'est... ma soeur... le chat...

Puis je pars comme un fou et je cours vers le trottoir. C'est à peine si j'entends murmurer derrière moi:

— Je comprends. Merci bien.

Je suis déjà très loin, perdu entre la vie et l'image d'un rêve. Je marche sans rien voir. À chaque pas, j'entends: «Jézabel... Jézabel...»

Ce nom résonne en moi.

Quand j'arrive à la maison, il me faut revenir sur terre, affronter la dure réalité, manger mon spaghetti, faire semblant d'être là. Jusqu'à ce que je sois enfin seul dans ma chambre.

Aussitôt, je me jette dans mes livres de Poe. Je cherche un titre que j'ai déjà vu. Dans la partie que je ne lis jamais, la section des poèmes.

Soudain, devant mes yeux, un nom de fille apparaît: Annabel Lee. Et je découvre ce qui suit:

Annabel Lee

Il y a mainte et mainte année,
dans un royaume près de la mer,
vivait une jeune fille,
que vous pouvez connaître
par son nom d'Annabel Lee,
et cette jeune fille ne vivait
avec aucune autre pensée
que d'aimer et d'être aimée de moi.

Jézabel, c'est Annabel Lee. Edgar Poe me l'envoie.
Je continue de lire:

J'étais un enfant,
et elle était un enfant,
dans ce royaume près de la mer;
mais nous nous aimions d'un amour
qui était plus que de l'amour
— moi et mon Annabel Lee...

À douze ans, il arrive encore que je passe pour un enfant, mais personne ne dirait de Jézabel: ... *elle était un enfant...* Jézabel doit avoir dix-huit ou dix-neuf ans.
Je me doute de ce qui vous trotte dans

la tête en ce moment. Vous pensez que ce poème n'a rien à voir avec moi. Si Poe avait voulu m'envoyer la femme de ma vie, comme je le prétends, il l'aurait sûrement choisie moins vieille.

Moi aussi, j'ai d'abord pensé ça. J'ai même failli abandonner mon hypothèse. Je me suis dit que je devais être en train de me conter des histoires.

Puis je me suis rappelé que tout n'est pas simple avec le vieil Edgar. Poe adore les mystères. Il aime bien que je me pose des questions. Alors, j'ai longuement réfléchi. Jusqu'à ce que, tout à coup, mon problème s'envole en fumée.

Mon problème était un faux problème. Et je vais vous le démontrer à l'instant.

Imaginons le pire, disons que Jézabel a vingt ans. Vingt moins douze, ça fait huit. Huit ans de différence. À première vue, ça semble beaucoup. Mais ce n'est pas tant que ça, après tout! Mon père Raymond a sept ans de plus que Lucille. Ça ne les a pas empêchés de s'aimer. Tout dépend où ces sept années sont placées dans le temps!

Vous comprenez maintenant? Edgar Poe a raison. L'âge de Jézabel n'est pas un obstacle à notre amour. Ce que Poe décrit dans son poème, c'est mon avenir, pas mon présent. C'est ça que j'ai eu du mal à saisir, au début.

Moi et Jézabel, on va s'aimer *d'un amour* qui sera *plus que de l'amour...* dans quatre ou cinq ans. C'est ça que Poe m'annonce. Et comme vous pouvez le constater, à ce moment-là, il n'y aura plus de problème!

Je sais, je sais. Ça peut vous sembler un peu long d'attendre quatre ou cinq ans pour voir si j'ai raison. En attendant, vous avez des doutes sur mes théories.

Des doutes qui vont sans doute grandir encore quand je vais vous parler de la suite du poème. Car plus loin, les choses ont l'air de se gâter totalement lorsque Poe écrit:

... le vent sortit du nuage la nuit,
glaçant et tuant mon Annabel Lee.

Pourtant, malgré les apparences, il n'y a rien là d'affolant. Si ce bout-là vous fait peur, c'est parce que vous ne connaissez pas Edgar Poe comme je le connais. Dans ses histoires, tout se complique vers la fin. Ça finit toujours mal. Et la mort vient le plus souvent tout gâcher.

Il ne faut pas en conclure que c'est ce qui va arriver à Jézabel. Vous non plus, vous ne devez pas confondre l'imaginaire et la réalité. Toutes les phrases de Poe ne s'appliquent pas à ma vie, vous savez!

Au temps de Poe, les gens ne vivaient pas vieux. Poe a perdu sa mère quand il avait deux ans et sa femme est morte très jeune. Je l'ai appris dans sa biographie. C'est pour ça qu'on trouve souvent des idées noires dans ses histoires.

Mais pour moi et Jézabel, ce sera bien différent. On n'est plus dans les années 1800. Jézabel a l'air en forme et ne semble pas du genre à mourir demain matin.

Et comme ma mère Lucille est encore bien vivante pour son âge, il est clair que ces histoires de mort n'ont rien à voir avec moi. Il faut savoir quand s'arrêter dans les interprétations et laisser à Poe ce qui appartient à Poe! Je suis une réincarnation de Poe. Je ne suis pas Poe lui-même après tout!

Vous êtes sceptiques? Vous avez l'impression que je prends dans Poe ce qui fait mon affaire et que je laisse tomber tout ce qui me dérange? Vous pensez que je m'arrange pour lui faire dire ce que je veux?

Vous avez parfaitement le droit de penser ça. Mais attendons la suite. Attendez que je revoie la belle Jézabel. Attendez de voir comment elle va réagir.

On saura mieux alors si je suis en train de m'inventer de toutes pièces une histoire d'amour et si je fais dire n'importe quoi à Poe.

Ou si au contraire, comme j'en suis persuadé, j'ai eu ce qu'on appelle dans les histoires bizarres une prémonition: j'ai déchiffré d'avance les plus belles pages de ma vie future dans un poème écrit il y a plus de cent ans...

Chapitre III
Le royaume
près de la mer

Sans qu'elle s'en aperçoive, Émilie me sert d'espionne depuis quelques jours. Et grâce aux bavardages de ma petite soeur naïve, j'en sais déjà beaucoup sur la belle Jézabel.

Ce n'est pas un miracle si elle parle français. Elle étudie en France, à l'université. C'est pour ça qu'on ne l'a pas vue avant.

J'ai aussi appris que Jézabel retourne à Paris à la fin de l'été. Je n'ai donc pas de temps à perdre. J'ai seulement quelques semaines pour vérifier mes hypothèses. Et une semaine est déjà passée sans que j'ose faire le premier pas.

Je suis tellement nul avec les filles. Je ne sais jamais quoi leur dire. Et dans le cas de Jézabel, ça me paraît encore dix fois pire.

Jézabel n'a pas douze ou treize ans. J'ai peur, à côté d'elle, d'avoir l'air ignorant.

D'avoir l'air d'un rêveur qui se fait des idées. D'avoir l'air d'un bouffon à côté d'une reine.

Mais aujourd'hui, c'est le grand jour. Et j'ai décidé de donner le grand coup. J'ai trouvé une façon de passer une journée entière auprès de la belle Jézabel.

J'accompagne ma soeur à la Ronde. Elle y va avec son ami William. Et Jézabel. J'ai eu un peu de mal à me joindre à leur groupe.

Au départ, Émilie ne voulait pas me voir. On aurait dit qu'elle était jalouse. Elle est allée se plaindre auprès de Lucille et de Raymond.

Mes parents ont été surpris que je veuille accompagner ma soeur. D'habitude, quand ils me demandent pour garder Émilie ou pour l'emmener quelque part, c'est toujours un problème énorme. Ça finit souvent par des cris. Cette fois, c'est moi qui m'invite.

Lucille est venue vérifier.

— Émilie dit que tu insistes?

— Je n'ai pas insisté, mais... c'est vrai que je veux y aller.

Émilie a aussitôt réagi.

— Tu vois, maman, c'est vrai.

À ce moment-là, du coin de l'oeil, j'ai vu mon père s'approcher. J'ai su que ça allait se compliquer.

— Veux-tu bien m'expliquer, Edgar, ce qui te prend aujourd'hui? Les manèges ne t'ont jamais intéressé. Tu refusais toujours lorsqu'on voulait t'emmener. Tu trouvais la Ronde archiplate.

Je me sentais de plus en plus coincé.

— Avant, je n'avais pas le goût, mais aujourd'hui, j'ai envie d'y aller. Il paraît qu'il y a un nouveau manège effrayant.

— Il vient juste pour nous achaler. Papa, dis-lui de rester ici.

Émilie venait de parler. Raymond regardait Lucille. Il a fini par dire, d'un ton découragé:

— Il y a des jours, mon grand, où j'ai bien du mal à te suivre.

Lucille, elle, a semblé avoir flairé quelque chose.

— Peut-être que c'est une bonne idée qu'Edgar les accompagne. Jézabel n'est pas d'ici, il pourra la guider.

En entendant ma mère parler de Jézabel, je me suis senti les oreilles devenir comme deux piments brûlants. J'ai vu Raymond sourire. Il n'a pas insisté. Une

première bataille était gagnée.

Dans à peine deux minutes, je pars avec Émilie. On va chercher William... et

Jézabel. Dans trois minutes commence une étape cruciale de ma vie.

Le petit William s'en vient en courant comme un fou. Jézabel suit derrière, calmement. Elle porte une blouse rouge vif et un short bleu et blanc. J'ai les jambes molles comme de la guenille.

— Bonjour, Edgar. Ça va?

— Euh!... Oui... Bonjour... Ça va... Euh!... Il fait beau, hein!

C'est effrayant d'être aussi stupide. Jamais une fille comme Jézabel ne pourra s'intéresser à moi. Je me demande à quoi Edgar Poe a pensé en...

— Je suis contente que tu sois venu. Ça me faisait un peu peur de partir toute seule avec ces deux moineaux-là.

Émilie et William sont déjà loin en avant. Jézabel veut sans doute me mettre à l'aise. À moins que... Je vais tout de suite lui montrer que je la connais déjà plus qu'elle ne le pense.

— Émilie m'a dit que vous... que tu étudiais en France.

— Oui. Je fais une licence là-bas. En lettres.

Je ne savais pas trop ce que c'était, mais je n'ai pas demandé d'explications.

Pour ne pas me couler dès le départ. J'ai cherché une phrase passe-partout.

— C'est intéressant.

— Ta petite soeur Émilie m'a appris que toi aussi, tu lis beaucoup. Qu'est-ce que tu aimes le plus en littérature?

Quand j'ai entendu la question, je me suis senti devenir blême. J'ai eu le goût de courir après Émilie et de lui arracher la langue. Je me suis retenu. J'ai plutôt essayé de trouver une réponse qui ne soit pas trop idiote.

Je me suis rappelé le nom de la catégorie, à la bibliothèque, où je prends tous mes livres d'Edgar Poe.

— Moi, je lis surtout du fantastique. Je suis un amateur d'Edgar Poe.

Jézabel a paru très surprise.

— Edgar Allan Poe! C'est bizarre. Je ne pensais pas que tu me nommerais un auteur américain. Du XIXe siècle, en plus.

Je savais que Poe était ancien, mais pas qu'il était d'un autre siècle. Jézabel a aussitôt enchaîné:

— Heureusement que Poe a eu Baudelaire pour le traduire en français... Tu dois savoir que Poe est encore plus populaire en France qu'aux États-Unis.

J'ai fait semblant de savoir, même si le nom de Baudelaire ne me disait pas grand-chose. Et pour être sûr de ne pas me tromper, j'ai simplement confirmé ce que Jézabel venait de dire.

— Poe a été chanceux.

— Sur ce plan-là, peut-être. Mais pour le reste...

J'ai tout de suite compris ce que Jézabel voulait insinuer. Elle voulait parler des malheurs d'Edgar Poe en amour. Mais comme je désirais lui laisser faire les premiers pas et que je ne souhaitais pas brûler les étapes, j'ai décidé d'attendre un peu avant d'aborder ce sujet. J'ai plutôt fait dévier la conversation sur un terrain moins délicat.

— Tu es déjà allée à la Ronde?

— Jamais. Je compte sur toi pour me piloter.

Jézabel m'a souri. Je ne sais pas ce que j'aurais donné pour pouvoir sauter quelques années et pour pouvoir lui demander, à cet instant même: «Tu m'aimes, Jézabel?» Mais ma sœur Émilie est vite venue régler mon problème.

— L'autobus, l'autobus arrive!

Émilie a fait tout le trajet, accrochée à Jézabel. Pendant ce temps-là, moi, je rêvais. Je regardais la belle Jézabel en essayant de me souvenir du poème de Poe:

... dans un royaume près de la mer
vivait une jeune fille...
... Annabel Lee...
... cette jeune fille ne vivait
avec aucune autre pensée
que... d'être aimée de moi...

Le royaume près de la mer, c'était peut-être la Ronde, au milieu du Saint-Laurent? Annabel Lee, c'était Jézabel, avec peut-être, au fond du coeur, les premières lueurs d'un grand amour?

Chapitre IV

Une descente
dans le Maelström

Si elle continue à m'énerver, je crois que je vais lancer ma petite sœur au milieu du fleuve. Il y a déjà plus d'une heure que nous sommes à la Ronde et elle n'a pas laissé Jézabel deux secondes. Émilie est pire qu'une sangsue.

Elle s'arrête devant tous les kiosques, veut jouer à tous les jeux qu'elle voit, veut grimper dans tous les manèges. C'est un vrai petit monstre.

Je sens que Jézabel n'ose pas trop réagir. Elle ne veut probablement pas me froisser en remettant ma sœur à sa place. Elle essaie d'excuser les demandes folles du petit bébé.

— Ta petite sœur a décidé de tout voir en une journée. On est curieux quand on est jeune. Et on a de l'énergie à revendre.

— C'est comme ça, les enfants! Ils ne savent jamais quand s'arrêter.

Ça, c'est moi qui viens de parler. Je

veux que ce soit clair pour Jézabel qu'on est sur la même longueur d'onde.

Jézabel a ri de ma remarque. Les choses s'annoncent bien. Je sens déjà que je ne lui suis pas indifférent. Il ne faut surtout pas lâcher.

Mais voilà ma petite soeur qui rapplique.

— Je veux aller dans les montagnes russes. Viens Jézabel, on y va.

Il faut absolument que je calme Émilie.

— Ça doit faire vingt manèges que tu essaies. Tu ne penses pas que c'est assez, Émilie? Les montagnes russes, ce n'est pas pour les enfants.

— On a le droit. Regarde. Il y a des enfants dedans.

— C'est trop dangereux, je te dis.

— Jézabel. Jézabel. Viens. Viens avec nous.

Ma soeur ne veut pas lâcher et le petit William l'appuie de son drôle d'accent américain. Il n'arrête pas de répéter *please, please* depuis deux minutes. Jézabel est embêtée.

— Edgar a raison. Vous allez avoir peur. Regarde si c'est haut, Émilie. Écoute les gens crier.

— Ils s'amusent. Je veux y aller. J'aurai pas peur. Je te le jure.

— Même moi, j'ai peur de monter làdedans.

— Mon frère, lui, a pas peur! Hein, Edgar?

Là, je vous jure que j'ai l'air fin. Si j'avoue que j'ai peur, je passe pour une vraie lavette aux yeux de Jézabel. Et si j'affirme que je n'ai pas peur, je risque d'être obligé d'aller dans ces bolides de fous. Pense vite, Edgar, pense vite!

— C'est évident que je n'ai pas peur. C'est vous, les jeunes, qui allez avoir peur.

— T'as peur, mais tu veux pas le dire.

La petite maudite! Elle sent que je ne suis pas brave et elle essaie d'en profiter. Elle veut me faire perdre la face.

— Ça va faire, Émilie! C'est assez, les folies!

J'ai été un peu trop brusque. Émilie s'est mise à pleurer. Je viens d'offrir à ma petite soeur la meilleure façon de gagner.

Jézabel ne sait plus qui appuyer. Elle s'approche d'Émilie.

— Ce n'est pas grave, Émilie. On va

revenir, tu sais. L'été n'est pas fini.

— C'est pas vrai. On reviendra pas. Je
veux y aller aujourd'hui.

Les affaires se corsent. Il faut que je

décide, et vite. Qu'est-ce qui pourrait servir le mieux ma cause, maintenant? Probablement le courage, la générosité.

Si je vais avec ma soeur, je montre que j'ai un grand coeur et je prouve à Jézabel que ce manège-là ne me fait pas peur.

Même si, en vérité, je n'ai aucune attirance pour ce genre de tue-monde!

— Ça va. Ça va, la soeur. Tu peux arrêter de pleurer. Tu veux y aller, on va y aller! Mais je t'avertis d'avance que tu vas trouver que ça monte haut. Et que ça descend plutôt vite!

C'est ce que je trouve, moi, en tout cas!

Jézabel est en train de moucher Émilie qui est toute fière de son coup.

— J'aurai pas peur

— Venez-vous-en, les enfants. Et que je ne vous entende pas vous plaindre!

Je ne les ai pas entendus se plaindre. Je les ai vus rire comme des fous. On dirait qu'à cet âge-là, ils ne connaissent pas le danger.

Chaque fois qu'on arrivait en haut d'une côte, je les voyais essayer de regarder en avant pour voir d'avance l'abîme où on allait plonger. Ils avaient les yeux ronds, la figure lumineuse, dans l'attente du grand saut.

Puis quand on piquait du nez, j'entendais des petits rires nerveux, des cris de plaisir mêlé de peur.

Heureusement que, pendant ce temps-là, eux ne me regardaient pas. Parce que moi, je devais avoir la face comme une crêpe pas cuite. Je sentais mon coeur se promener d'une côte flottante à l'autre. Je fixais le vide aux alentours et je pensais à la mort.

Comme l'homme aspiré dans le *Maelström*, dans une des histoires d'Edgar Poe. J'étais entraîné, impuissant, dans un tourbillon effrayant.

Il m'a semblé rester dix heures à me promener dans ces montagnes-là. J'ai eu l'impression de traverser la Russie au complet.

Quand on passait devant Jézabel, debout au bas de la plus grosse côte, je tournais un peu ma tête vers elle et j'essayais de lui sourire. Mais je ne suis pas sûr du tout que j'avais l'air de m'amuser.

Lorsque le train affreux s'est enfin arrêté, ça m'a pris trois minutes juste pour me relever. J'ai vaguement entendu Émilie

crier à Jézabel:

— C'était amusant. T'aurais dû venir.

J'ai descendu les marches et j'ai regardé Jézabel. J'ai encore essayé de sourire. Je n'ai pas dû réussir.

Jézabel est vite venue vers moi. Elle a placé son bras autour de mes épaules et elle m'a emmené vers un banc.

— Maintenant, je crois que c'est le temps de se reposer un peu, les enfants.

William et Émilie étaient trop excités pour s'apercevoir de ce qui m'arrivait. Ils sont restés longtemps collés au manège, à écouter les gens hurler.

Et pendant tout ce temps-là, j'étais seul avec Jézabel. Le coeur tout à l'envers à cause des montagnes russes.

Et un petit peu aussi à cause d'un bras américain, un bras blanc que je sentais tout chaud sur mon épaule.

Chapitre V
Le palais hanté

Depuis ma descente aux enfers, je peux vous dire que je n'en mène pas large. J'ai la tête fragile et le coeur qui n'arrive plus à retrouver sa vraie place. Mais je suis surtout déçu du peu de progrès que j'ai fait auprès de Jézabel.

Ça fait déjà trois fois qu'elle m'offre de retourner à la maison. J'ai refusé. Même si je suis passablement amoché, je préfère rester ici. Dieu sait quand je pourrai la revoir!

De plus, ma réaction aux montagnes russes n'a pas que des mauvais côtés. Depuis que je suis devenu blanc comme un drap, Jézabel s'occupe davantage de moi que des deux petits fatigants.

Elle m'a parlé de la France, de ses études là-bas, des auteurs qu'elle préfère. Moi, je l'écoute en silence en essayant de retenir le plus de noms possible.

Je ne dis pas un mot, j'essaie de tout

noter dans ma tête. Comme ça, je découvre ses goûts tout en gardant cachée ma terrible ignorance.

Jézabel a nommé Baudelaire plusieurs fois. Elle a également parlé de Verlaine et d'un dénommé Éluard. Jézabel adore la poésie. Elle m'a demandé si j'aimais ça, moi aussi.

Comme je ne connais rien là-dedans à part *Annabel Lee,* je lui ai dit que j'aimais bien ce poème. Et vous ne devinerez jamais ce qui est arrivé. Jézabel s'est mise aussitôt à réciter le poème de Poe:

— *Il y a mainte et mainte année,*
dans un royaume près de la mer,
vivait une jeune fille,
que vous pouvez connaître
par son nom...

Jézabel s'est alors arrêtée et m'a fait signe de continuer. Surpris, j'ai bredouillé à voix basse:

— *... d'Annabel Lee...*

Jézabel a souri et a repris:

— ... *et cette jeune fille ne vivait avec aucune autre pensée...*

Jézabel m'a de nouveau donné la parole. Je me suis senti rougir jusqu'au bout des cheveux et j'ai fini par murmurer:

— ... *que d'aimer... et d'être aimée... de moi.*

— Bravo, Edgar!
Jézabel a applaudi et m'a expliqué que c'était là son poème préféré d'Edgar Poe.

Figé, le coeur battant, je n'ai rien pu ajouter. Mais à partir de cet instant, j'ai été tout à fait sûr, comme vous l'êtes certainement maintenant, qu'Edgar Poe avait amené Jézabel dans ma vie et que j'avais raison de croire en notre amour.

Comme il fallait s'y attendre, c'est en plein le moment que ma chère soeur a choisi pour revenir à la charge.

— J'ai trouvé où on va, maintenant.

Chassé brusquement de mon rêve, je lui ai répondu bêtement.

— On ne va plus nulle part!
Émilie n'a pas bronché.

— On va dans le palais hanté.

Et voilà nos deux petits monstres qui nous entraînent, Jézabel et moi, vers une espèce de vieux château. Mais savez-vous quoi? Plus on approche de ce palais de vieilles toiles peinturlurées, plus je trouve pour une fois l'idée de ma soeur intéressante. Je crois même qu'Edgar Poe, dont un poème s'intitule justement *Le palais hanté,* lui a suggéré cette idée.

Pour visiter ce lieu d'«horreur», on peut être quatre dans les petites voitures. Émilie et William vont s'asseoir en avant. À l'arrière, Jézabel et moi, ensemble...

L'un près de l'autre, côte à côte, dans un univers tout noir. Où des monstres peut-être vont pousser Jézabel vers moi?

Vous saisissez?

Pour ne pas rater mon coup, il faut que je prenne l'affaire en main.

— Écoute bien, Émilie. On va dans ton palais, mais ce sera tout pour aujourd'hui. Tu t'assois en avant avec William. Nous, on se place en arrière et on veille sur vous. Ensuite, on rentre à la maison. C'est compris?

Je n'avais pas fini de parler que William et ma soeur étaient déjà à se chamailler devant le comptoir des billets. J'ai jeté un coup d'oeil du côté de Jézabel. Il m'a semblé que ses yeux brillaient. Un merveilleux sourire est venu me confirmer que mon plan était bon.

Nous entrons maintenant dans le palais hanté.

Je comptais sur les apparitions horribles pour que Jézabel se rapproche, mais jusqu'ici, je suis très déçu. Les monstres et les squelettes qu'on voit sont plutôt du genre à faire rire qu'à faire peur.

Mais tout de même! Je devine l'ombre de Jézabel et de temps en temps, quand la petite voiture tourne un peu vite ou fait un mouvement brusque, son corps vient effleurer le mien.

Qu'est-ce que c'est? Ah, mon Dieu! Poe a encore raison!

Une araignée géante est sortie du plafond. Jézabel a eu peur, elle s'est penchée vers moi. Ses longs cheveux de rêve me caressent la joue.

Un parfum de fleurs étranges me pénètre jusqu'au coeur.

Je suis ivre de bonheur. Je goûte chaque seconde de ce voyage dans la nuit. Assis près de Jézabel, près de mon futur amour.

Chapitre VI
L'invitation au voyage

J'ai décidé de donner un petit coup de pouce à mon destin. Pour être plus attirant aux yeux de Jézabel et pour avoir l'air un peu moins ignorant quand je vais la revoir, je me suis mis à la poésie. Je suis donc allé à la bibliothèque et, en fouillant dans ma mémoire et dans les fichiers, j'ai fini par retrouver les noms de plusieurs écrivains que Jézabel avait mentionnés.

J'ai maintenant sur mon bureau les oeuvres complètes de Baudelaire et un énorme livre où on trouve un choix de poèmes d'à peu près tous les Français, morts ou vivants. On appelle ça une anthologie.

Au début, j'avais pensé commencer par les oeuvres de Baudelaire, étant donné que Jézabel a mentionné ce nom-là plusieurs fois. Quand j'ai ouvert le livre, j'ai vite changé d'idée. Je ne comprends rien à la moitié des poèmes et il me faudrait au moins dix ans pour passer à travers tout ce qui est écrit là-dedans.

J'ai donc opté pour l'anthologie et j'ai tout de suite cherché Baudelaire. Incroyable!

J'ai trouvé là un poème qui m'a donné une idée géniale et qu'Edgar Poe a sûrement placé sous mes yeux. Son titre, c'est *L'invitation au voyage*. Ça commence comme ceci:

Mon enfant, ma soeur,
Songe à la douceur
D'aller là-bas vivre ensemble!
Aimer à loisir,
Aimer et mourir
Au pays qui te ressemble!

Je ne sais pas si vous me voyez venir...

J'étais un peu embêté au début par la première ligne. Jézabel n'est pas une enfant et encore moins ma soeur. Mais à force de lire des poèmes, je commence à comprendre qu'en poésie, les mots ne veulent pas toujours dire ce qu'ils veulent dire d'habitude.

Les poètes emploient souvent le mot

enfant. Vous vous souvenez d'*Annabel Lee?*

> *J'étais un enfant,*
> *et elle était un enfant...*

C'est seulement une façon de parler. Et c'est la même chose pour l'expression *ma soeur.*

Je ne sais pas comment était la soeur de Baudelaire, s'il en avait une. Mais je sais que dans son poème, ce n'est sûrement pas l'équivalent d'Émilie qu'il veut emmener en voyage.

Là aussi, il faut prendre le mot *soeur* avec un grain de sel.

Et de toute façon, l'important n'est pas là. L'important, c'est la suite du poème.

> *Songe à la douceur*
> *D'aller là-bas vivre ensemble!*

C'est ça qui est super! C'est ça, la bonne idée que Baudelaire m'a donnée.

Vous ne comprenez pas? Mais voyons!

Je me trouve un petit travail à temps partiel, je ramasse mon argent et dans

quelques années, bonjour, la compagnie!
Je m'en vais étudier en France. Auprès
de Jézabel.

Aimer à loisir,
Aimer et mourir
Au pays qui te ressemble!

Je pars rejoindre mon amour.
Vous comprenez, maintenant!
Quant à la deuxième ligne: *Aimer et*
mourir, il ne faut pas vous énerver. C'est
comme je vous l'ai déjà expliqué: les poètes aiment ça dramatiser. Rappelez-vous
Edgar Poe:

... le vent sortit du nuage la nuit,
glaçant et tuant mon Annabel Lee...

L'essentiel de ce que Baudelaire dit,
c'est qu'il a le goût de partir avec sa blon-
de dans un autre pays parce qu'une fois
là-bas, ils vont pouvoir s'aimer en paix.
Ce n'est pas pour rien qu'il répète
trois fois dans la suite de son poème:

Là, tout n'est qu'ordre et beauté,
Luxe, calme et volupté.

C'est parce que c'est ça, l'important.

Je ne pense pas qu'avec l'argent que je pourrai ramasser, je puisse offrir tellement de luxe à Jézabel. Mais pour le reste, ça devrait aller.

J'ai plus d'ordre que la plupart des jeunes de mon âge qui ne font jamais le ménage de leur chambre. La beauté, c'est Jézabel qui l'apporte. Et le calme, on est sûrs de l'avoir, étant donné qu'Émilie et le petit William ne seront pas là.

Pour la volupté...

J'ai cherché dans le dictionnaire afin de m'assurer de ce que ça voulait dire, même si j'avais déjà ma petite idée là-dessus. Dans le *Robert,* on parle de: *1. Vif plaisir des sens, jouissance pleinement goûtée. 2. Plaisir sexuel.*

Pour la volupté, j'ai l'intention que ça se fasse par étapes. C'est clair que j'ai déjà un *vif plaisir des sens* rien qu'à voir Jézabel, à lui parler et à sentir son parfum. Mais pour ce qui est de la volupté n° 2, je préfère attendre quelques années, quand on sera à Paris.

Il faut d'abord que Jézabel et moi, on se connaisse, on s'apprécie. Quand j'aurai lu, étudié et que je me sentirai à la hauteur, quand Jézabel sera devenue follement amoureuse de moi, ce sera le bon temps. Pas avant.

D'ici là, je continue mon sprint en poésie et je m'arrange pour éblouir Jézabel la prochaine fois que je la vois.

Chapitre VII
Baudelaire n° 2

J'ai eu une autre idée extraordinaire que m'a probablement soufflée Edgar Poe.

Plutôt que d'attendre de revoir Jézabel pour lui faire voir mes nouvelles connaissances en poésie, j'ai décidé d'aller plus loin et de lui écrire moi-même un poème. Un poème où je lui parlerai à mots couverts de ce que le destin prépare pour nous deux en secret.

Pour y arriver, je me suis vite aperçu qu'il va falloir que je travaille fort. Edgar Campeau, ça sonne un peu comme Edgar Poe, mais ça ne rime pas du tout avec Baudelaire!

Je me demande où les poètes vont chercher toutes leurs idées. Et comment ils font pour que ça rime et que ça ait quand même du sens.

Écoutez. Écoutez bien ce que j'ai écrit jusqu'ici.

Jézabel, ma très belle,
Un beau jour, tu sauras
comme je pense à toi
Et alors, tu viendras te jeter
dans mes bras.

Voilà le mieux que j'ai pu faire jusqu'à maintenant. Et je n'ai pas l'impression que ça va jeter Baudelaire à terre.

C'est bizarre, mais tout ce qui me vient en tête, c'est des niaiseries. Jézabel est tellement belle, ça devrait pourtant être facile d'écrire pour elle. Mais ce n'est pas le cas.

J'ai appris par la bibliothécaire de l'école qu'il existait des dictionnaires de rimes et j'en ai emprunté un pour m'aider. J'ai cherché les mots en *el* qui riment avec Jézabel. Ça ne m'a pas tellement servi.

Ce n'est pas facile de placer à la fin d'une ligne des mots comme *différentiel, dégel* ou *caramel* et de dire encore des choses sensées. C'est même impossible.

J'ai été terriblement tenté de tout abandonner, mais juste au moment où j'allais le faire, la solution m'est soudainement apparue en un éclair.

Je vais m'inspirer de Baudelaire. Comme ça, ma poésie va sûrement être meilleure. Seulement, il y a une chose que je dois bien surveiller. Il ne faut pas que Jézabel reconnaisse mon modèle.

Ce que je dois réussir, c'est du Edgar Campeau à la Baudelaire. Vous comprenez?

J'ai relu plusieurs fois *L'invitation au voyage* et je crois avoir déjà une bonne idée de ce que sera mon poème.

D'abord le titre:

Quand nous serons tous deux ensemble

C'est un peu plus long que le titre de Baudelaire, mais c'est plus direct et ça sonne assez bien.

La suite donnerait à peu près ceci:

Douce Jézabel,
La vie sera belle
Quand nous serons tous deux ensemble!
Nous pourrons parler,
Rire et nous aimer
Malgré la froideur de décembre.

Je ne sais pas quelle est votre réaction, mais ce premier bout de poème ne me semble pas vilain du tout. Je suis particulièrement fier du dernier vers qui a l'air écrit par un vrai poète. J'ai repéré le mot *froideur* dans le dictionnaire et j'ai trouvé que c'était un beau mot. Il ressemble au mot *douceur* dans le poème de Baudelaire.

La suite de son poème à lui est plus difficile à imiter:

Les soleils mouillés
De ces ciels brouillés
Pour mon esprit ont les charmes
Si mystérieux
De tes traîtres yeux,
Brillant à travers leurs larmes.

Je vous avoue que je ne comprends pas tout ce que Baudelaire raconte ici. Ses *soleils mouillés* et ses *ciels brouillés* m'embrouillent pas mal. Mais moi qui suis amateur de mystères, j'aime bien les *charmes mystérieux des yeux,* même si j'ai du mal à voir ce que le mot *traîtres* vient faire là.

Dans mon poème toutefois, pas question de parler de *larmes* à la fin. Il faut que Jézabel sache au contraire qu'elle sera bien avec moi.

Voici donc, après avoir beaucoup cherché, la suite de mon poème:

Ma lampe tournée
Vers ton oreiller
Fera briller dans le noir
Le vert de tes yeux
Si mystérieux
Que j'en rêve chaque soir.

Sans vouloir me comparer à Baudelaire, je pense que c'est plutôt bon et que Jézabel devrait être passablement impressionnée. Je ne crois pas qu'elle reconnaisse mon modèle, même si j'ai gardé les mots *si mystérieux*. Le reste est tellement différent.

Encore deux vers et j'ai fini. Baudelaire a écrit:

Là, tout n'est qu'ordre et beauté,
Luxe, calme et volupté.

Moi, je ne trouve pas ça fort, fort. C'est abstrait et ça ne veut pas dire grand-chose, finalement. Il me semble que je peux faire beaucoup mieux.

Dans mon poème, je viens de parler des yeux de Jézabel. Je pourrais continuer

Ma lampe tournée
Vers Ton oreiller
Fera briller dans le
noir
Le vert de tes yeux
Si mystérieux
Que j'en rêve chaque soir.

sur ce sujet-là. Quelque chose comme:

Dans tes yeux, tout est beauté

Non, ça ressemble trop à mon modèle.
Jézabel va se douter de quelque chose.

Dans tes yeux, tout est si beau

Ce n'est pas intéressant. Maudit que
c'est compliqué!

Dans tes yeux, mes ciels brouillés

Ça ressemble un peu à du Baudelaire,
mais ce bout-là, je pense que je peux le
garder. Il n'est pas au même endroit dans
mon poème, il va passer inaperçu.

Dans tes yeux, mes ciels brouillés
Deviendront...

Qu'est-ce qu'ils pourraient devenir? Il
faut que ça finisse bien.

Deviendront des nuits...

C'est ça.

Deviendront des nuits... étoilées.

Oui. Ou plus simplement:

Deviendront tout étoilés.

Wôw! Ça, c'est beau! Si Jézabel ne tombe pas amoureuse en lisant ça, il n'y a plus rien à comprendre à la poésie.
Je transcris.

À Jézabel,

Quand nous serons tous deux ensemble

Douce Jézabel,
La vie sera belle
Quand nous serons tous deux ensemble!
Nous pourrons parler,
Rire et nous aimer
Malgré la froideur de décembre.

Ma lampe tournée
Vers ton oreiller
Fera briller dans le noir
Le vert de tes yeux
Si mystérieux
Que j'en rêve chaque soir.

70

Dans tes yeux, mes ciels brouillés
Deviendront tout étoilés.

Edgar

Chapitre VIII
Le rendez-vous

Je peux vous assurer que je ne passe pas inaperçu à la maison ce matin. J'ai d'abord renversé un litre de lait sur la table en préparant mes céréales. Puis Lucille m'a fait remarquer que je portais des bas qui n'étaient pas de la même couleur. Finalement, j'ai failli étrangler le chat William en lui refermant la porte de la salle de bains sur le cou.

Ma famille commence à se douter que quelque chose me préoccupe et que je n'ai plus toute ma tête.

En fait, ma tête se trouve à deux rues d'ici. Elle est partie hier en même temps que mon poème que je suis allé glisser dans la boîte aux lettres de Jézabel. Et ce matin, Jézabel a téléphoné et m'a donné rendez-vous à onze heures chez elle.

Je sais déjà que nous allons être seuls tous les deux, puisque son petit frère part à dix heures avec Émilie et Lucille pour le zoo de Granby. Lucille m'a invité à les accompagner, mais vous comprenez bien qu'il n'en était pas question. J'ai rendez-vous à onze heures avec mon destin.

Je n'arrive plus à tenir en place. Il me semble que toutes les horloges de la maison sont en panne. C'est effrayant comme le temps peut filer à certains moments et se traîner les pieds à d'autres. Depuis l'appel de Jézabel, les aiguilles avancent d'une seconde, puis reculent de deux.

Pendant ce temps-là, je me suis déjà habillé et déshabillé six fois. Raymond, qui m'a vu me promener dans trois accoutrements différents, commence à avoir des doutes. Il doit aussi se demander pourquoi la douche se met à couler chaque fois que je mets les pieds dans la salle de bains.

Je suis tellement nerveux, il faut que je me change toutes les demi-heures. J'ai les mains humides, le pouls tout de travers et des ruisseaux de sueur qui n'arrêtent pas de me couler sous les bras. Si onze heures n'arrive pas bientôt, je n'aurai plus rien à me mettre sur le dos.

Quand je pense à mon entrée chez Jézabel, à ce que je devrais dire ou faire, je me mets à trembler de partout. C'est

comme si quelqu'un me versait un seau de glaçons dans le cou. J'essaie de me calmer en me disant que mon poème a dû faire son effet, mais je n'arrive pas à me persuader tout à fait.

Et si Jézabel avait reconnu Baudelaire? Et si elle se mettait à rire de moi quand je vais arriver? Je n'arrête pas une seconde de me poser les questions les plus folles.

Puis je me rassure. Jézabel est trop intelligente pour ne pas avoir saisi le sens de ma démarche. Elle a sûrement été touchée par mon poème. Ma faculté de «précognition», de pouvoir lire dans l'avenir, l'a peut-être surprise au début, mais elle doit maintenant avoir hâte de me confier à son tour ses vrais sentiments. Je dois faire confiance à Edgar Poe, après tout.

Je vais dans la salle de bains vérifier une dernière fois si je suis présentable et je pars ensuite, lentement, calmement, vers la maison de mon futur grand amour.

J'ai la figure un peu pâle, mais ça ne devrait pas trop déranger Jézabel. Elle a déjà vu bien pire à la Ronde, de toute façon.

J'ai eu un mal de chien à donner à mes cheveux un semblant de coiffure. Mais après cent coups de brosse, dix litres d'eau et une bonne dose de fixatif, ils ont fini par se coucher et se tenir tranquilles.

Il est onze heures moins dix. Il faut maintenant que je parte. Je ne peux plus reculer.

Plus j'approche de chez Jézabel, plus je me sens devenir petit. Si ça continue, c'est un enfant de trois ans qu'elle va accueillir. La maison est là, je dois me ressaisir. Jézabel vient d'ouvrir.

Entre le moment où j'ai aperçu Jézabel sur le seuil de la porte et le moment présent, j'avoue que j'en ai perdu des grands bouts. Je me rappelle vaguement qu'elle m'a souri, m'a invité à entrer, m'a offert du jus d'orange, m'a parlé de tout et de rien.

J'étais là et ailleurs. Je me sentais ému et idiot. J'étais confiant et désespéré. Je l'aimais et je me haïssais.

Jézabel a fini par aborder le vrai sujet.

— Tu ne m'avais pas dit que tu étais poète.

Pendant un instant, j'ai cru qu'elle se moquait de moi, mais son regard et son sourire m'ont rassuré.

— Je... je m'amuse, des fois...

Ce n'est pas du tout ce que je voulais dire, mais c'est tout ce qui est sorti. Encore une fois, je venais de formuler le contraire de ce que je pensais. Heureusement, Jézabel avait compris.

— Je n'ai pas l'impression que tu as écrit ça simplement pour t'amuser.

— Non. C'est vrai. Je...

Je n'ai pas réussi à aller plus loin dans mes explications.

— Je trouve que tu as du talent.

J'ai cru qu'elle voulait m'encourager.

— C'est seulement quelques mots. Ça m'est venu comme ça...

Encore une bêtise! Je n'apprendrai donc jamais.

— C'est un beau poème que tu as écrit, Edgar, et je suis très flattée que tu me l'aies fait parvenir.

J'ai pensé que c'était important d'apporter des précisions.

— C'est... C'est seulement pour toi que je l'ai fait. Personne d'autre ne l'a vu.

— Je le savais. On ne fait pas ce genre de confidence à tout le monde.

Jézabel devinait tout. Je crois avoir

souri à ce moment-là, ce qui a immédiatement eu comme effet de rendre la figure de Jézabel plus grave.

— Je t'assure, Edgar, que je comprends tes sentiments. J'ai rêvé souvent, moi aussi, de vivre un jour un grand amour. Et je crois même que c'est le rêve de tous les humains.

J'avais du mal à écouter. En l'entendant parler de grand amour, mon coeur s'était mis à cogner dans mes oreilles et j'avais de la difficulté à rester totalement conscient.

Mais le ton de la voix de Jézabel, le caractère un peu triste de son regard et la mention du mot rêve me faisaient déjà soupçonner le pire. Jézabel se préparait à me dire des vérités dures à entendre.

J'ai essayé de prévenir les coups.

— Je suis prêt à attendre, tu sais. Je le sais bien que je suis trop jeune pour le moment. Mais dans quelques années...

J'avais tellement peur d'entendre la suite. Je sentais tellement que j'allais avoir mal. J'étais prêt à n'importe quoi pour empêcher Jézabel de prononcer les mots qui allaient sûrement suivre.

Jézabel s'est assise tout près de moi.

Elle a mis sa main blanche sur la mienne et m'a parlé très doucement.

— Tu sais, Edgar, je suis contente que tu t'intéresses à moi. Même si l'on se connaît peu, j'ai déjà pu constater que tu es différent des jeunes de ton âge. Et j'ai vu aussi que nous avons, tous les deux, certains points en commun. Mais l'amitié est une chose et l'amour en est une autre. Et c'est une amie que je crois pouvoir être pour toi.

Les mots que je craignais le plus venaient d'être prononcés. Jézabel m'aimait bien. Mais elle n'était pas amoureuse de moi. Mon rêve était brisé.

— Je sais que ce n'est pas ce que tu voulais entendre. Et je connais, pour l'avoir vécue, la peine que peut faire un amour qui n'est pas partagé. Mais je crois qu'il vaut mieux clarifier les choses dès maintenant, plutôt que de te laisser de faux espoirs.

Je ne pouvais plus parler, ni respirer, ni penser. J'étais comme un enfant, le coeur tout à l'envers. J'ai senti une larme sur ma joue. Et tout à coup, mes lèvres, sans que je l'aie voulu, comme d'elles-mêmes, malgré moi, se sont mises à bouger, à

répéter tout bas:

— Je t'aime, Jézabel. Je t'aime, moi, je t'aime.

Jézabel a penché ma tête sur son épaule. Et ses lèvres, à leur tour, ont doucement murmuré:

— Je sais, Edgar. Je sais.

Chapitre IX
Le corbeau

Depuis mon rendez-vous raté, je ne suis plus le même. Comme le corbeau d'un poème de Poe, je passe mon temps à me répéter:

Jamais plus!
Nevermore!

Jamais plus je ne me ferai prendre. Jamais plus je ne serai en amour.

Je passe mes journées enfermé dans ma chambre, étendu sur mon lit, le store baissé. Je n'ai le goût de rien, je ne veux rien entendre et mes parents commencent à s'inquiéter.

Lucille m'a offert de parler de ce qui ne va pas. J'ai l'impression qu'elle s'est renseignée. Mais je ne veux parler à personne.

Je suis comme Edgar Poe privé de son Annabel Lee. Jézabel est vivante, mais mon amour pour elle doit mourir.

... le vent sortit du nuage la nuit,
glaçant et tuant mon amour.

Je n'ai pas revu Jézabel et je ne veux plus la revoir avant son départ pour la France. Cela me ferait trop mal. Quand elle vient chercher son frère à la maison, je me cache dans ma chambre ou je m'enfuis.

Je ne veux pas de son amitié. Je préfère perdre Jézabel, plutôt que de ne recevoir que des parcelles de son amour.

Vous allez me trouver bête. Vous allez, comme Lucille, me dire que je suis encore jeune et que j'ai toute la vie devant moi. Vous ne me convaincrez pas.

On ne rencontre pas tous les jours la femme de sa vie. Il n'y a qu'une Jézabel et elle n'a pas voulu de moi. Je ne crois pas que mon coeur puisse s'en remettre.

Comment pourrais-je encore aimer, alors que j'ai le coeur en miettes?

Il est trop tard. Tout est fini.
Mon coeur est à jamais meurtri
par ton «non» cruel, Jézabel.
Jézabel, toi que j'aime encore.
Jézabel, mon trop grand amour.

Épilogue

Il y a déjà près de cinq mois que Jézabel est repartie. Mais je suis encore loin de l'avoir oubliée. Je commence seulement à pouvoir endurer ma peine.

J'ai revu Jézabel une fois avant son départ. Elle tenait à me parler. Elle a tenté de me consoler, de m'offrir de nouveau son amitié. Je lui ai promis d'y penser.

Depuis septembre, j'ai bien du mal à m'intéresser à ce qu'on fait à l'école et je vois mieux maintenant pourquoi Jézabel a eu un tel effet sur moi. Je suis très vieux pour mes douze ans.

Malgré le départ de Jézabel, je continue à lire de la poésie, en plus de mes histoires bizarres. Je commence à comprendre que l'on puisse aimer ça. Je griffonne même quelques vers de temps en temps.

J'ai d'ailleurs eu une idée qui devrait m'aider à survivre. J'ai demandé à Lucille et à Raymond une guitare pour mon anniversaire. J'ai l'intention de mettre mes poèmes en chansons.

On chuchote dans la cuisine, depuis tout à l'heure. La famille doit être à la veille de me faire ma «surprise».

Les lumières viennent de s'éteindre, je vois danser la flamme des bougies. Dans deux secondes, ils vont chanter:

Mon cher Edgar,
C'est à ton tour
De te laisser parler d'amour.
Mon cher Edgar,
C'est à ton tour
De te laisser parler d'amour.

Hip, hip, hip; hourra!
Hip, hip, hip; hourra!

Lucille tient le gâteau et Raymond, un paquet en forme de guitare. Émilie a dans les mains une grosse boîte qui doit contenir un de ses fameux bricolages.

J'ai mis exactement huit secondes à déballer la guitare. Elle est magnifique. Je suis sûr que c'est un cadeau qui va changer ma vie.

Voilà maintenant Émilie avec sa boîte. Le chat William la suit. Je me demande bien ce que ça peut être.

C'est bizarre mais, en prenant le colis, j'ai eu l'impression d'entendre un petit bruit.

Je crois que je commence à voir... C'est... c'est un animal vivant. Un tout petit chat noir.

J'aperçois une carte dans la boîte.

Oh non! Ça ne se peut pas. C'est une carte qui vient de France.

Il y a un mot à l'intérieur.

À Edgar Campeau,
en ce 19 janvier

La petite chatte dans cette boîte est née des amours de Lune et de votre gros chat William. Je te l'offre comme amie. Peut-être voudras-tu l'appeler Caterina? C'était le nom de la chatte d'Edgar Poe.

Ton amie pour toujours,
Jézabel

J'ai suivi son conseil. Ma chatte s'appelle Caterina.

Mais parfois, je me trompe. Je l'appelle Jézabel.

Ne me demandez pas pourquoi...

Table des matières

L'étrange
amour d'eux